Estimados padres de familia,

Están a punto de comenzar una emocionante aventura con su hijo y nosotros ¡seremos su guía!

Su misión es: Convertir a su hijo en un lector.

Nuestra misión: Hacerlo divertido.

LEVEL UP! READERS les da oportunidades para lectura independiente para todos los niños, comenzando con aquellos que ya saben el abecedario. Nuestro programa tiene una estructura flexible que hará que los nuevos lectores se sientan emocionados y que alcancen sus logros, no aburridos o frustrados. Los Niveles de Lectura Guiada en la parte posterior de cada libro serán su guía para encontrar el nivel adecuado. ¿Cómo comenzar?

Cada nivel de lectura desarrolla nuevas habilidades:

Nivel 1: PREPARANDO: Desde conocer el abecedario hasta decifrar palabras.
lenguaje básico – repetición – claves visuales
Niveles de Lectura Guiada: aa, A, B, C, D

Nivel 2: MEJORANDO: Desde descifrar palabras individuales hasta leer oraciones completas.
palabras comunes – oraciones cortas – cuentos sencillos
Niveles de Lectura Guiada: C, D, E, F, G

Nivel 3: A JUGAR: Desde leer oraciones sencillas hasta disfrutar cuentos completos.
nuevas palabras – temas comunes – historias divertidas
Niveles de Lectura Guiada: F, G, H, I, J, K

Nivel 4: EL RETO: Navega por oraciones complejas y aprende nuevo vocabulario.
vocabulario interesante – oraciones más largas – cuentos emocionantes
Niveles de Lectura Guiada: H, I, J, K, L, M

Nivel 5: EXPLORA: Prepárate para leer libros en capítulos.
capítulos cortos – párrafos – historias complejas
Niveles de Lectura Guiada: K, L, M, N, O, P

¡Dele el control al lector!

Aventuras y diversión le esparan en cada nivel.

Obtenga más información en:
littlebeebooks.com/levelupreaders

Dear Parents,

You are about to begin an exciting adventure with your child, and we're here to be your guide!

Your mission: Raise a reader.

Our mission: Make it fun.

LEVEL UP! READERS provides independent reading opportunities for all children, starting with those who already know the alphabet. Our program's flexible structure helps new readers feel excited and accomplished, not bored or frustrated. The Guided Reading Level shown on the back of each book helps caregivers and educators find just the right fit. So where do you start?

Each level unlocks new skills:

Level 1: GET READY: From knowing the alphabet to decoding words.
basic language – repetition – picture clues
Guided Reading Levels: aa, A, B, C, D

Level 2: POWER UP: From decoding single words to reading whole sentences.
common words – short sentences – simple stories
Guided Reading Levels: C, D, E, F, G

Level 3: PLAY: From reading simple sentences to enjoying whole stories.
new words – popular themes – fun stories
Guided Reading Levels: F, G, H, I, J, K

Level 4: CHALLENGE: Navigate complex sentences and learn new vocabulary.
interest-based vocabulary – longer sentences – exciting stories
Guided Reading Levels: H, I, J, K, L, M

Level 5: EXPLORE: Prepare for chapter books.
short chapters – paragraphs – complex stories
Guided Reading Levels: K, L, M, N, O, P

Put the controls in the hands of the reader!

Fun and adventure await on every level.

Find out more at:
littlebeebooks.com/levelupreaders

BuzzPop

An imprint of Little Bee Books
251 Park Avenue South, New York, NY 10010
Copyright © 2019 Disney Enterprises, Inc.
All rights reserved, including the right of reproduction
in whole or in part in any form.
BuzzPop and associated colophon are trademarks
of Little Bee Books.

Manufactured in the United States of America LAK 0919
For more information about special discounts on bulk purchases,
please contact Little Bee Books at sales@littlebeebooks.com.

First Edition

ISBN 978-1-4998-0877-3 (pbk)
10 9 8 7 6 5 4 3 2 1
ISBN 978-1-4998-0878-0 (hc)
10 9 8 7 6 5 4 3 2 1

buzzpopbooks.com

LEVEL UP! READERS

1 2 **3** 4 5

DISNEY
FROZEN II

Un viaje juntos y separados
Journey Together and Apart

Adaptation by R. J. Cregg
Translation by Laura Collado Píriz
Illustrated by the Disney Storybook Art Team

BuzzPoP

Anna y Elsa eran **niñas pequeñas**.
Anna and Elsa were **little kids**.

Ahora ellas son **adultas**.
Now they are **grown-ups**.

Elsa está **confiada**.
Elsa is **confident**.

Anna está **preocupada**.
Anna is **worried**.

La calle está **abarrotada**.
The street is **crowded**.

La fuente está **vacía**.
The fountain is **empty**.

Anna, Elsa, Olaf, Kristoff y Sven
viajan a lo **alto** de la montaña.
Anna, Elsa, Olaf, Kristoff, and Sven
travel **high** up the mountain.

Ellos viajan por una llanura **baja**.
They travel across the **low** plain.

Ellos **entran** en una niebla mágica.
They **go into** the magic mist.

Ellos **salen** al bosque encantado.
They **come out** in the Enchanted Forest.

Primero, Olaf, está **asustado**.
First, Olaf is **frightened**.

Luego, él está **emocionado**.
Then, he is **excited**.

Un viento mágico obliga a Anna, Elsa,
Olaf, Kristoff y Sven a **separarse**.
A magical wind forces Anna, Elsa,
Olaf, Kristoff, and Sven **apart**.

Pero unos extraños los **unen**.
Strangers bring them **together**.

Elsa hace **hielo**.
Elsa makes **ice**.

Un espíritu mágico hace **fuego**.
A magical spirit makes **fire**.

Elsa pone **contento** al espíritu.
Elsa makes the spirit **happy**.

Pero Olaf, Anna y Elsa descubren
algo **triste**.
But Olaf, Anna, and Elsa discover
something **sad**.

Anna y Elsa se **reúnen**.
Anna and Elsa are **united**.

Pero ellas tienen que **separarse**.
But they must **separate**.

Anna y Olaf flotan sobre
las aguas **tranquilas**.
Anna and Olaf float over
calm water.

Elsa corre por unas aguas **embravecidas**.
Elsa runs across **rough** water.

El espíritu agua es **fuerte**.
The Water Spirit is **strong**.

Elsa es **gentil**.
Elsa is **gentle**.

Elsa encuentra el camino ella **sola**.
Elsa finds her way **on her own**.

Anna y Olaf encuentran su camino **juntos**.

Anna and Olaf find their way **together**.

Para estos amigos, el **final**
no es más que el **principio**.
For these friends, the **end**
is just the **beginning**.

¿Te diste cuenta?

En español decimos:
Elsa <u>está</u> confiada.
Usamos "**<u>está</u>**" para describir cómo sesiente Elsa.
Elsa <u>es</u> gentil.
Usamos "**<u>es</u>**" para describir las características de Elsa o cómo es.

En inglés, decimos:
Elsa <u>is</u> confident.
Elsa <u>is</u> gentle.
Usamos "<u>is</u>" para describir cómo sesiente Elsa y cómo es.

¿Qué más puedes usar para describir a Elsa?

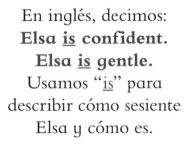

Did you notice?

In Spanish, we say:
Elsa <u>está</u> confiada.
We use "**<u>está</u>**" to describe how Elsa is feeling.
Elsa <u>es</u> gentil.
We use "**<u>es</u>**" to describe Elsa's characteristics, or what she is like.

In English, we say:
Elsa <u>is</u> confident.
Elsa <u>is</u> gentle.
We use "<u>is</u>" to describe how Elsa is feeling and what Elsa is like.

How else can you describe Elsa?

Glosario   Glossary

confiado/a describe a alguien que se está seguro de sus habilidades
confident describes someone who feels good about their abilities

abarrotado/a describe algo lleno de demasiada gente o cosas
crowded describes something filled with too many people or things

vacío/a describe algo que no tiene nada dentro
empty describes something with nothing inside

un extraño es una persona a la que no conoces
a stranger is someone you do not know

separado/a describe a personas o cosas que están a cierta distancia unas de otras
separate describes people or things that are detached or on their own

tranquilo/a describe a una persona o a una cosa que está calmada o sosegada
calm describes a person or thing that is quiet or settled

¿Qué otras palabras nuevas aprendiste?
What other new words did you learn?